AMOR DE PAI

MAX LUCADO

Autor com mais de 65 milhões de livros vendidos

AMOR DE PAI

Descubra o verdadeiro significado da paternidade
e dê a seus filhos uma vida mais feliz

Tradução de
Érika Koblitz Essinger

THOMAS NELSON BRASIL

Rio de Janeiro
2010

Título original
Lucado Father's Day Book

Editor responsável	*Julio Silveira*
Supervisão Editorial	*Clarisse de Athayde Costa Cintra*
Produtora Editorial	*Fernanda Silveira*
Capa	*Valter Botosso*
Tradução	*Érika Koblitz Essinger*
Revisão	*Margarida Seltmann*
	Joanna Barrão
	Magda de Oliveira Carlos
Projeto gráfico e diagramação	*Julio Fado*

CIP-BRASIL. CATALOGAÇÃO NA FONTE
SINDICATO NACIONAL DOS EDITORES DE LIVROS, RJ

L965a

Lucado, Max, 1955-
Amor de pai: descubra o verdadeiro significado da paternidade e dê a seus filhos uma vida feliz / Max Lucado; [tradução Érika Koblitz Essinger]. - Rio de Janeiro: (Thomas Nelson Brasil), 2010.

Tradução de: Lucado Father's Day Book

ISBN 978-85-7860-093-8

1. Responsabilidade dos pais - Aspectos religiosos - Cristianismo. 2. Pais e filhos. 3. Educação de crianças. 4. Amor. I. Título.

10-1918.
CDD: 248.8
CDU: 248.12

Thomas Nelson Brasil é uma marca licenciada à Vida Melhor Editora S.A.

Rua Nova Jerusalém, 345 – Bonsucesso
Rio de Janeiro – RJ – CEP 21402-325
Tel.: (21) 3882-8200 Fax: (21) 3882-8212 / 3882-8313
www.thomasnelson.com.br

Sumário

O que faz um bom pai?

Querido Deus,

Obrigado por ter me dado um pai. Você conhecia exatamente a minha necessidade! Para o caso de você precisar fazer pais para outras crianças, achei que você gostaria de saber o que eu mais gosto no pai que você me mandou:

Um bom pai...

1. *sabe de tudo (por exemplo, amarrar sapatos e dirigir carros)*
2. *é muito inteligente (ele sabe até para onde o vento vai depois que passa pelas árvores)*

3. *tem um coração clemente (para as vezes em que faço besteira)*
4. *está cheio de paciência, paciência, paciência (ele provavelmente não vai precisar, mas em todo caso...)*
5. *tem um colo confortável e sorriso largo (você entende dessas coisas, não é?)*
6. *fala comigo sobre você e seu filho.*

De seu amigo,

Uma criança.

PS: Quase deixei de fora a melhor parte! Um bom pai tem braços fortes de verdade (para me segurar quando caio. Ele diz que você é exatamente assim também).

Capítulo I

Um bom pai toma decisões piedosas

Ele decretou estatutos para Jacó, e em Israel estabeleceu a lei, e ordenou aos nossos antepassados que a ensinassem aos seus filhos, de modo que a geração seguinte a conhecesse, e também aos filhos que ainda nasceriam, e eles, por sua vez, contassem aos seus próprios filhos. Então eles porão a confiança em Deus; não esquecerão os seus feitos e obedecerão aos seus mandamentos.

(SALMO 78:5-7)

AQUI VAI UMA DICA DE LUCADO sobre o ato de ter filhos: pais e mães entram no negócio de criação de filhos em dois momentos diferentes. As mães decidem ser mães muito antes que os pais decidem ser pais. A mãe carrega o bebê por nove meses, e isso dá a ela a oportunidade de agregar substância à sua decisão de ser mãe do novo membro da família.

O pai, no entanto, continua em sua rotina diária, sem ser muito afetado por aquilo que está acontecendo dentro do útero. Ah, sim, ele dá todo o apoio e está entusiasmado; mas, comparado à mãe, ele é um observador. Até a hora do nascimento. Então o mundo do pai adquire um novo significado. Ele olha para o rosto da nova vida e se depara com a constatação. "Eu sou o pai desta criança." Você pode chamar isso de "a descoberta da sala de parto". Nesse momento, o bom pai toma uma grande decisão. *Ele tem de decidir se tornar um pai*. E essa decisão desencadeia uma torrente de decisões que ele tomará pelo resto da vida. É uma escolha racional alterar a vida, os horários, a direção e as prioridades para ser um bom pai para aquela pequenina vida que está em seus braços.

Para muitos, gerar uma criança não é difícil. Mas *ser* um pai é! É a primeira e mais importante decisão dos pais: fazer uma escolha consciente de ser pai.

No entanto, a decisão de ser pai não é apenas uma decisão de sala de parto. É uma decisão *diária*. Há um século, os pais eram pais presentes em casa, trabalhando na fazenda ou administrando a loja da família. As crianças passavam grande parte do tempo ao lado de seus pais, trabalhando com eles. Mas, em nossa cultura moderna, o emprego distancia muitos pais de seus filhos. Alguns pais saem de casa antes que seus filhos despertem. Outros chegam em casa muito depois que os filhos voltaram da escola. Assim, é possível e até comum que um pai esqueça de desempenhar seu papel, desconectando-se emocionalmente de seus filhos. Ao longo do dia, todos os dias, os pais têm de renovar sua decisão paterna: "Irei a essa reunião?", "Esse encontro é realmente essencial?", "Será que consigo reorganizar esses compromissos para chegar em casa mais cedo?" No caminho do trabalho para casa, os pais têm de tomar a decisão de tirar o uniforme de trabalho e colocar o uniforme de pai. É a decisão de administrar seu tempo e cuidadosamente reconciliar o trabalho com a prioridade da família.

Ser um bom pai significa tomar decisões difíceis, fazer sacrifícios. Decisões que mostram aos nossos filhos o que é importante para nós.

Em seu livro *Achieving Success Without Failing Your Family* [Alcançando o sucesso sem fracassar com sua família], Paul Faulkner descreve as decisões de um executivo que trabalha com seguros. Falando em uma convenção de homens de negócios, ele enfatizou a importância de ser um pai antes de tudo. Sua filha estava na plateia.

...no meio de sua palestra, ele se virou para ela e perguntou: "Querida, você se lembra de quando eu ganhei o prêmio da meta de vendas de um milhão de dólares por três anos seguidos?"

E ela respondeu: "Não, pai, acho que não me lembro."

E então ele perguntou: "Bem, você se lembra daqueles nossos passeios no Dairy Queen?"

E ela respondeu: "Ah, sim!"

E então ele se voltou para a plateia para explicar que filhas não se lembram de quando você vendeu um milhão de dólares em seguros, mas elas se lembram dos momentos especiais que passam com você.[1]

Os pais não apenas têm de decidir se envolver com seus filhos, estar disponíveis e interessados no que interessa a eles, mas têm de decidir também que tipo de modelo eles serão. Que privilégio incrível: a tarefa de moldar e dar forma a crianças pequenas. As crianças têm um par de antenas especial: não só são capazes de ver muito e ouvir mais ainda, mas de imitar o comportamento que veem em seus pais.

Paul Harvey nos conta uma história que é um bom exemplo disso:

Nosso "Departamento Para o que Interessa"[2] *sabe que, quando Grey Baker vai jogar golfe em Jackson, Missisipi, ele leva Trevor, seu neto de três anos, como companhia...*

O garoto tem aprendido o jogo pela observação.

Na semana passada, vovô Baker presenteou o garoto com um conjunto de tacos de golfe.

No último final de semana, em um churrasco da família no quintal, o garotinho que havia aprendido a jogar golfe observando o vovô anunciou: "Olhem para mim!"

Então ele exclamou um palavrão e jogou seu taco de golfe na pereira.[3]

De todos os pais da Bíblia, um chama a atenção por sua decisão de ser um pai piedoso. Ele conscientemente decidiu ser o pai adotivo de sua prima órfã, Ester.

Pode ser considerado um pai corajoso, porque instilou essa característica em sua filha. Você se lembra da história? O pequeno livro de Ester revela a história da linda garota judia cuja engenhosa coragem salvou seu povo. Mardoqueu criou sua filha para tomar uma posição no momento certo, para fazer a coisa certa.

Por sua beleza, Ester se tornou a rainha da Pérsia. Mardoqueu sabiamente aconselhou Ester a esconder sua origem étnica do Rei Xerxes. Quando Mardoqueu se recusou a curvar-se diante de Hamã, o oficial do rei, ele se colocou em risco por conta de suas convicções. Ele não se curvaria diante de ninguém além de Jeová. Como resultado disso, Hamã conspirou para destruir não apenas Mardoqueu, mas todos os judeus.

Mardoqueu encorajou Ester a apelar ao rei em nome de seu povo. "Quem sabe se não foi para um momento como este que você chegou à posição de rainha?" (Ester 4:14).

Ester deve ter confiado totalmente em Mardoqueu, pois se determinou a comparecer à presença do rei por seu povo. "Se eu tiver que morrer, morrerei." (Ester 4:16).

Palavras de fé, palavras de coragem. Palavras que uma filha poderia dizer, pois foi criada por um pai que tomou as decisões corretas. Lembre-se disto: uma crise não desenvolve o caráter, e sim o revela. O caráter que Ester revelou só pode ter-se desenvolvido pela observação do caráter de seu pai.

Depois que o enredo se desenvolveu em meio a todas as reviravoltas, Mardoqueu e a nação judaica foram salvos e Hamã é executado.

Normalmente, quando estudamos a história de Ester, percebemos sua força e sua devoção por seu povo. Mas Deus usou outra pessoa nessa história para realizar seu propósito. Deus usou um pai fiel — um pai que serviu de exemplo para que uma jovem filha tivesse a coragem para sustentar suas convicções. No momento certo, Ester fez a coisa certa, pois havia sido criada por um pai piedoso. Um pai que sabia que as decisões que ele tomasse enquanto sua filha crescesse iriam ensiná-la a tomar decisões piedosas ao longo da vida.

Capítulo II

Um bom pai aprecia seus filhos

"Pais, não irritem seus filhos; antes criem-nos segundo a instrução e o conselho do Senhor."

(EFÉSIOS 6:4)

"JENNA, ACORDE, é hora de ir para a escola."

Ela ouviria essas mesmas palavras um milhão de vezes em sua vida. Aquela tinha sido a primeira vez.

Sentei-me na beira de sua cama por um tempo antes de dizê-las. Para falar a verdade, eu não queria pronunciá-las. Não queria acordar minha filha. Uma hesitação estranha pairou sobre mim enquanto me sentava no lusco-fusco da manhã. Ali, em silêncio, eu me dei conta de que minhas palavras a despertariam para um novo mundo.

Por quatro anos, que passaram como relâmpagos, ela havia sido nossa, e apenas nossa. E agora tudo isso iria mudar.

No dia anterior, havíamos posto Jenna na cama como "nossa menina" — propriedade exclusiva de mamãe e papai. Mamãe e papai leram para ela, ensinaram, prestaram atenção no que ela dizia. Mas, a partir de hoje, alguém mais também iria fazer tudo isso.

Até hoje, eram mamãe e papai que enxugavam suas lágrimas e colocavam seus *band-aids*. Mas, a partir de hoje, alguém mais também iria fazer tudo isso.

Eu não queria acordá-la.

Até hoje, sua vida era essencialmente nossa — mãe, pai, e Andrea, a irmã ainda bebê. Hoje aquela vida iria crescer — novos amigos, uma professora. Seu mundo era esta casa: o quarto dela, os brinquedos, seu balanço. Hoje seu mundo expandiria. Ela iria adentrar pelos sinuosos corredores da educação — pintar, ler, calcular... tornar-se.

Eu não queria acordá-la. Não por causa da escola. É uma boa escola. Não porque eu não queira que ela aprenda. Deus sabe como eu quero que ela cresça, leia, amadureça. Não porque ela não queira ir. Ela não falou de outra coisa na última semana!

Não, eu não quero acordá-la porque eu não quero abrir mão dela.

Mas eu a acordei, de qualquer forma. Interrompi sua infância com a proclamação inevitável: "Jenna, acorde... está na hora de ir para a escola."

Demorei uma eternidade para me vestir. Denalyn me viu andando atordoado e me ouviu cantarolando a música "Sunrise, Sunset" [Amanhecer, entardecer]. E observou: "Você não vai suportar o casamento dela." Ela está certa.

Nós a levamos para a escola em dois carros para que eu pudesse ir direto para o trabalho. Pedi a Jenna para ir comigo. Achei que eu deveria dar-lhe um pouco de segurança paterna. No final das contas, quem precisava de segurança era eu.

Para alguém dedicado à arte das palavras, encontrei muito poucas para compartilhar com ela. Disse a ela que se divertisse. Pedi-lhe que obedecesse à professora. Expliquei: "Se você se sentir sozinha ou com medo, diga à sua professora para me ligar, e eu virei buscar você." "Está bem", ela sorriu. Então ela me perguntou se poderia ouvir uma fita-cassete com músicas infantis. "Claro", respondi.

Então, enquanto ela cantava as músicas, eu engolia o choro. Eu a observava enquanto ela cantava. Ela parecia enorme. Seu pescocinho se esticava o máximo que podia para olhar por cima do para-lama. Seus olhos estavam ansiosos e brilhantes. Suas mãos se cruzavam sobre o colo. Os pés, calçados com tênis de cores turquesa e rosa, novinhos, mal passavam da extensão do banco.

Esta é a garotinha que carreguei?
É este o garotinho que brincava?
Não me lembro de ter visto meus filhos crescendo.
Quando foi que eles cresceram?
Quando foi que ela se tornou tão bela?
Quando foi que ele ficou tão alto?
Não era ontem que eles eram pequeninos?

Amanhecer, entardecer.

Depressa voam os dias[1]

"Denalyn estava certa", murmurei para mim mesmo, "eu nunca suportarei o casamento".

O que será que ela está pensando? Ela sabe o tamanho da escada que começará a subir nesta manhã, até se formar?

Não, ela não sabia. Mas eu sim. Quantos quadros-negros esses olhos ainda verão? Quantos livros essas mãos segurarão? Quantos professores esses pés seguirão e – glup – imitarão?

Se estivesse em meu poder, eu teria, naquele mesmo instante, reunido todas as centenas de professores, instrutores, técnicos e tutores que ela viria a ter pelos próximos dezoito anos e anunciaria: "Esta não é uma aluna normal. Esta é a minha filha. Cuidem dela!"

Enquanto eu estacionava e desligava o motor, minha garota grande se tornou pequena novamente. Mas foi a voz de uma menina muito pequena que quebrou o silêncio. "Papai, eu não quero descer."

Olhei para ela. Os olhos que antes brilhavam agora estavam temerosos. Os lábios que estavam cantando agora tremiam.

Eu lutei contra uma vontade hercúlea de conceder seu desejo. Tudo em mim queria que eu dissesse: "Tudo bem, vamos esquecer tudo isto e sair daqui." Por um breve e eterno momento eu considerei a possibilidade de sequestrar minhas próprias filhas, agarrar minha esposa e fugir das garras horrendas do progresso para viver para sempre no Himalaia.

Mas eu sabia. Sabia que era o momento. Sabia que era correto. E sabia que ela ficaria bem. Mas nunca pensei que seria tão difícil dizer: "Querida, você vai ficar bem. Venha cá, vou carregar você."

E ela estava bem. Um passo para dentro da sala de aula e o bichinho da curiosidade a mordeu. E eu fui embora. Eu a entreguei. Não muito. E não tanto quanto terei de entregar no futuro. Mas eu a entreguei tanto quanto eu poderia naquele dia.

Enquanto eu voltava para meu carro, um versículo se repetia em minha mente. Era uma passagem que eu já havia estudado. Os eventos daquele dia tiraram a passagem da teologia em preto e branco e a trouxeram para a realidade em tecnicolor.

"Que diremos, pois, diante dessas coisas? Se Deus é por nós, quem será contra nós? Aquele que não poupou seu próprio Filho, *mas o entregou por todos nós*, como não nos dará juntamente com ele, e de graça, todas as coisas?[2]

Foi assim que você se sentiu, Deus? O que senti nessa manhã foi, de alguma maneira, semelhante ao que você sentiu quando entregou seu filho?

Se a resposta for afirmativa, explica muita coisa. Explica a proclamação dos anjos aos pastores nos arredores de Belém. (Um pai orgulhoso estava anunciando o nascimento de seu filho.)

Explica a voz no batismo de Jesus: "Este é meu filho..." (Você fez o que eu queria fazer, mas não pude.)

Explica a transfiguração de Moisés e Elias no cume da montanha. (Você os mandou para encorajá-lo.)

E explica como seu coração deve ter ficado apertado quando você ouviu a voz entrecortada de seu filho: "Pai, afasta de mim este cálice."

Eu estava soltando Jenna em um ambiente seguro com uma professora compassiva que estava pronta para enxugar todas as lágrimas dela. Você soltou Jesus em uma arena hostil com um soldado cruel que deixou as costas de seu filho em carne viva.

Eu me despedi de Jenna sabendo que ela se divertiria, conheceria novos amigos e faria desenhos. Você se despediu de Jesus sabendo que discutiriam com ele, ririam dele e o matariam.

Eu entreguei minha filha totalmente cônscio de que, se ela precisasse de mim, eu estaria ao seu lado em um piscar de olhos. Você entregou seu filho totalmente cônscio de que, quando ele mais precisasse de você, quando seu grito de desespero ecoasse pelos céus, você se sentaria em silêncio. Os anjos, embora posicionados, não ouviriam uma ordem sua. Seu filho, apesar da angústia, não sentiria conforto algum de suas mãos.

Como raciocinou Paulo, Deus deu o melhor de si. Por que duvidaríamos de seu amor?

Antes que o dia acabasse, eu me sentei em silêncio pela segunda vez. Agora, não estava ao lado de minha filha, mas diante de meu Pai. Não estava mais triste pelo que havia entregado, mas sim grato por tudo o que já havia recebido — a prova viva de que Deus se importa.

Capítulo III

Um bom pai está sempre presente para seus filhos

Quando eu volto para casa e vejo aqueles narizes pequeninos apertados contra o vidro da janela, percebo que sou um sucesso.

(Paul Fauler)

Hoje é Dia dos Pais. Um dia de perfume. Um dia de abraços, gravatas novas, interurbanos e cartões da Hallmark.

Hoje é o meu primeiro Dia dos Pais sem um pai. Por 31 anos eu tive um. Eu tive um dos melhores. Mas agora ele se foi. Está enterrado sob um carvalho em um cemitério no oeste do Texas. Apesar de ele ter ido embora, sua presença é muito próxima — especialmente hoje.

Parece estranho que ele não esteja aqui. Acredito que seja porque ele nunca se foi. Ele estava sempre por perto. Sempre disponível. Sempre presente. Suas palavras não eram originais. Suas conquistas, apesar de admiráveis, não eram nada extraordinárias.

Mas sua presença era.

Como uma lareira aquecida em uma casa grande, ele era uma fonte de conforto. Como um balanço robusto em uma varanda ou um olmo cheio de galhos no quintal, ele sempre podia ser encontrado... e servir de apoio.

Durante os turbulentos anos de minha adolescência, meu pai foi uma parte previsível de minha vida. As namoradas iam e vinham, mas meu pai estava sempre presente.

A temporada de futebol americano se transformava em temporada de beisebol, e de novo em temporada de futebol americano, e meu pai estava sempre por perto. As férias de verão, os encontros da volta às aulas, a álgebra, o primeiro carro, os jogos de basquete fora de casa — todos tinham algo em comum: a presença dele.

E, porque ele estava conosco, a vida seguia suavemente. O carro sempre funcionava, as contas eram pagas e o gramado estava sempre aparado. Porque ele estava por perto, a risada era sempre vigorosa e o futuro era seguro. Minha criação foi o que Deus queria que fosse: um galopar digno de um livro de contos de fada através da magia e do mistério do mundo.

Porque ele estava sempre presente, nós, as crianças, nunca nos preocupamos com coisas como imposto de renda, poupança, contas mensais ou hipotecas. Estas eram as coisas na escrivaninha do papai.

Temos muitas fotos de família sem ele. Não porque ele não estivesse junto, mas sim porque sempre estava atrás da câmera.

Ele tomava as decisões, separava as brigas, ria assistindo Archie Bur,[1] lia o jornal todas as tardes e preparava o café da manhã aos domingos. Ele não fazia nada demais, mas apenas o que se espera que os pais façam: estava ali.

Ele me ensinou a me barbear e a orar. Ele me ajudou a memorizar versículos para a escola dominical e me ensinou que o errado deveria ser punido e que o certo tinha sua própria recompensa. Mostrou por meio de seu próprio exemplo a importância de acordar cedo e de ficar longe de dívidas. Sua vida expressou o difícil equilíbrio entre ambição e autoaceitação.

Lembro-me dele com frequência. Quando sinto cheiro da loção pós-barba Old Spice, eu penso nele. Quando vejo um barco de pesca, eu vejo o rosto dele. E ocasionalmente — não com muita frequência, mas ocasionalmente —, quando ouço uma boa piada (do tipo que Red Skelton contaria), eu o ouço rir. Ele tinha uma risada que era sua marca registrada, que sempre vinha com um sorriso aberto e sobrancelhas arqueadas.

Papai nunca me disse uma palavra sobre sexo ou me contou a história de sua vida. Mas eu sabia que, se eu quisesse saber, ele me contaria. E eu sabia que, sempre que eu precisasse dele, ele estaria por perto.

Como uma lareira aquecida.

Talvez seja por isso que este Dia dos Pais está um pouco frio. O fogo se apagou. Os ventos do envelhecimento engoliram a última chama esplêndida, deixando apenas as brasas douradas. Mas há algo de inusitado nessas brasas: agite-as um pouco e uma chama dançará. Dançará apenas por uns instantes, mas dançará. E ela expulsará um pouco do frio, o suficiente para me lembrar de que ele ainda está, de uma forma especial, muito presente.

Encontrando o amor de pai

Nenhum preço é alto demais pela redenção de um filho. Não há energia grande demais, nem esforço intenso demais. Um pai andará qualquer distância para achar seu filho.

Deus também.

Anote isto. A maior criação de Deus não são as estrelas distantes ou o maravilhoso Canyon; é seu plano eterno para alcançar seus filhos. Em sua busca por nós repousa o mesmo brilho que vemos nas estações em mudança e nos planetas em órbita. O céu e a terra não conhecem paixão maior que a paixão pessoal de Deus por você e seu relacionamento com ele.

Ouça enquanto Deus articula sua paixão: O meu coração está enternecido, despertou-se toda a minha compaixão. Não executarei a minha ira impetuosa, não tornarei a destruir Efraim. Pois sou Deus, e não homem, o Santo no meio de vocês.[1]

Antes que você continue sua leitura, reflita sobre estas últimas quatro palavras, "no meio de vocês". Você acredita nisso? Você acredita que Deus está próximo? Ele quer que você acredite. Ele quer que você saiba que ele está inserido em seu mundo. Onde quer que você esteja enquanto lê essas palavras, ele está presente. Em seu carro. No avião. No escritório, no quarto, em seu refúgio, ele está próximo.

Ele se importa com as caronas, as mágoas e as partidas em nossos dias. Ele está tão próximo de nós nas segundas-feiras quanto nos domingos. Deus vem ao lugar onde você mora, para em frente à porta e bate. Mas depende de você deixá-lo entrar.

Capítulo IV

Você pode vir para casa

Inglaterra. Século XIX. Natal. Em uma cidadezinha há a tradição de uma festa em que todas as crianças recebem presentes. É uma ocasião feliz: os sorrisos iluminados dos mais jovens, uma árvore alta na praça, pacotes coloridos. Há um jovem na cidade que sofre de retardo mental e, por conta de sua deficiência, é vítima de muitas piadas cruéis. A peça que vão pregar nele neste dia de Natal é a mais cruel de todas.

Enquanto diminui a montanha de presentes, seu rosto vai ficando cada vez mais triste. Ele é velho demais para receber presente, mas não sabe disso. Seu coração infantil se torna cada vez mais pesado enquanto ele observa todo mundo recebendo presentes, menos ele. Então alguns garotos se aproximam dele com um presente, o último que resta sob a árvore. Seus olhos brilham quando ele olha para o pacote embalado com papel brilhante. Sua emoção é perceptível enquanto ele desamarra as fitas. Seus dedos se apressam a rasgar o papel. Mas quando ele abre a caixa, seu coração pesa.

Está vazia.

A embalagem era atraente. As fitas eram coloridas. O exterior era o suficiente para que ele imaginasse o interior; mas, quando ele chegou ao interior, a caixa estava vazia![1]

Você se identificou?

Muitas pessoas se identificam.

Uma jovem mãe chora silenciosamente no travesseiro. Por toda a vida ela havia sonhado com o casamento. Se eu apenas pudesse ter um lar. Se eu apenas pudesse ter um marido e uma casa.

Então agora ela está casada. A lua de mel há muito acabou. O túnel que ela cavou para sair de uma prisão apenas a levou para dentro de outra. Sua terra de Oz se transformou em uma terra de fraldas sujas, racionamento de gasolina e contas.

Ela divide a cama com um marido a quem não ama. Ela ouve o sono tranquilo de uma criança que ela não sabe como criar. E ela sente a areia de sua juventude escorregar por entre os dedos.

Um empresário de meia-idade se senta em seu luxuoso escritório fitando inexpressivamente a janela. Um carro esporte alemão vermelho o espera no estacionamento. Ele usa um anel de ouro no dedo e carrega um cartão ouro na carteira. Seu nome está gravado em bronze na porta e na escrivaninha, ambas de madeira de nogueira. O terno é cortado sob medida; os sapatos são feitos à mão. Seu nome é bem conhecido.

Ele deveria ser feliz. Possui tudo o que almejava quando estava no primeiro degrau da escada, olhando para cima. Mas, agora que ele tem o que queria, não o quer mais. Agora que ele está no topo da escada, percebe que subiu no prédio errado.

Ele abandonou a esposa na poeira de sua ambição. Os filhos que o chamavam de papai não o chamam mais assim; eles agora têm um novo papai. E, embora tenha tudo o que o sucesso pode oferecer, daria tudo num piscar de olhos para ter um lar ao qual retornar no final do dia.

Eu contei os buracos nas telhas um milhão de vezes. A voz era trêmula, apesar dos esforços para não soar assim. Dizem que eu ficarei com este gesso por seis semanas. Também dizem que eu tenho sorte por estar vivo.

A voz dele era quase inaudível através da máscara de oxigênio. A pele da testa e do nariz estava em frangalhos.

Eles ficam perguntando o que eu lembro. Eu mal me lembro de ter entrado no carro, muito menos de ter dirigido. Eu nunca havia experimentado crack antes. Acho que usei demais. Vou pensar duas vezes antes de usar novamente. Aliás, parece que vou ter bastante tempo para pensar.

Acabaram-se as brincadeiras, o barulho, as luzes piscando. Seus sonhos se realizaram, mas, em vez de o deixarem dormir, estão lhe tirando o sono. O que você faz em um momento como esse? Para onde vai quando a festa termina? Seus fracassos tiraram de sob seus pés o alicerce de seu futuro, que havia sido construído sobre a areia. E agora, o que você faz?

Você pode culpar o mundo. O filho pródigo poderia ter feito isso. Na verdade, ele provavelmente o fez.[2]

O menino fita seu reflexo na poça lamacenta. Ele se pergunta se aquele rosto seria mesmo o dele. Não se parece com ele.

O brilho em seus olhos estava extinto. O sorriso encantador agora parecia humilhado. O jeito destemido havia sido substituído por sobriedade.

Ele caiu de cabeça para baixo, de cara no chão.

Não bastava não ter amigos. Não bastava estar quebrado. Não bastava penhorar o anel, o casaco e até os sapatos. As longas horas caminhando pelas ruas não o dobraram. Será que as noites passadas com apenas um travesseiro servindo de quarto ou os dias carregando baldes de lavagem para os porcos provocariam uma mudança no coração?

Não, não provocaram. O orgulho é feito de pedra. Golpes fortes podem lascá-lo, mas apenas a marreta da realidade pode quebrá-lo.

Ele estava começando a quebrar.

Seus primeiros dias de privação foram provavelmente regados a ressentimento. Ele estava com raiva de todo mundo. Todos eram culpados. Seus amigos não deveriam ter se livrado dele. E seu irmão deveria ter aparecido e emprestado algum dinheiro. O patrão deveria tê-lo alimentado melhor, e o pai nunca deveria ter deixado que ele fosse embora, para início de conversa.

Ele deu o nome de cada um deles a um porco.

O fracasso convida a apontar o dedo e jogar a culpa nos outros. Uma pessoa pode estar sem dinheiro, sem trabalho e sem amigos, mas nunca lhe faltarão outros a quem culpar.

Algumas vezes é a família:

Se meus pais tivessem levado o trabalho mais a sério...

Se meu marido não fosse tão egoísta...

"Se meus filhos tivessem respeito por mim..."

"Se tivessem me ensinado a usar o peniquinho mais cedo..."

Algumas vezes é o sistema:

Ninguém consegue tirar boas notas nesta escola!

"Se eu tivesse recebido a mesma oportunidade, teria sido promovido."

Este lugar é uma fraude.

Neste mundo não há desenvolvimento possível!

Até mesmo a igreja leva um pouco da culpa.

Ah, eu iria para a igreja, mas você sabia que eu fui à igreja uma vez em 1958 e ninguém veio me visitar?

Aquele pessoal? Um bando de hipócritas.

Eu tenho planos de voltar para a igreja. Quando eu encontrar uma igreja com o ensino correto da doutrina, que abrigue os desvalidos, alimente os doentes e cole estrelinhas douradas em um painel de acordo com a frequência de cada membro, eu volto!

Logo, você está certo e todos os outros estão errados. Você é a vítima e o mundo é seu inimigo.

Uma segunda opção é continuar com essa brincadeira, só que desta vez intensificar a experiência.

Minha esposa tem um primo chamado Rob, um cara muito legal. O bom coração e o sorriso amigável o tornaram benquisto por todos. Ele é o tipo de sujeito com quem você pode contar quando ninguém mais se interessa.

Então, quando o grupo das bandeirantes precisou de alguém para se vestir de *Pacman* em um evento beneficente, quem foi que elas chamaram? Acertou. Chamaram Rob.

Houve alguns problemas. Primeiro, ninguém previu que o dia do evento seria tão quente. Segundo, Rob não sabia que a fantasia seria tão grande. Terceiro, quem poderia imaginar que os óculos de Rob ficariam tão embaçados que ele não conseguiria enxergar? Enquanto ele estava sentado no palco esperando sua vez de falar, o calor dentro da máscara deixou seus óculos totalmente embaçados. Ele não conseguia limpá-los — suas patas eram grandes demais para caber nos buracos destinados aos olhos.

Ele começou a se preocupar. A qualquer momento seria chamado para falar, mas não conseguia sequer enxergar onde estava o púlpito!

Ele sussurrou pedindo ajuda. A fantasia era espessa demais e seus clamores não foram ouvidos.

Ele começou a agitar as mãos. O que ele ouviu em resposta foi o grito de prazer das crianças. Elas acharam que ele estava acenando para elas!

Quando ouvi essa história, eu dei risada... e então suspirei. Era muito familiar. Sussurros de ajuda abafados por rostos fantasiados? Medo oculto sob um sorriso pintado? Sinais de desespero entendidos como sinais de alegria?

Diga-me se isso não descreve nosso mundo. Desde que Eva colheu folhas de figueira para vestir Adão, nós temos ocultado nossas verdades.

E temos nos tornado melhores nisso a cada geração.

A criatividade de Michelangelo não é nada comparada ao uso que um homem careca consegue fazer de uns poucos fios de cabelo. Houdini ficaria pasmo com a nossa capacidade de espremer manequins 42 em calças 40.

Somos os mestres dos disfarces. Desfilamos de carro para nossa autoafirmação. Compramos calças jeans para compor uma imagem positiva. Adquirimos sotaques diferentes para esconder uma herança. Esquecemos sobrenomes. Levantamos pesos, inventamos histórias, adquirimos brinquedos, professamos conquistas.

E a dor é ignorada. E, com o tempo, o eu verdadeiro é esquecido.

Os indígenas costumavam dizer que dentro de cada coração há uma faca que roda como o ponteiro dos minutos em um relógio. A cada mentira que o coração conta, a faca roda um pouco. Ao rodar, ela corta o coração, entalhando um círculo. Quanto mais ela roda, maior se torna o círculo. Depois que a faca dá uma volta completa, um caminho fica entalhado. O resultado? Não há mais dor, não há mais coração.

Uma opção que o jovem do chiqueiro teve foi a de voltar para a festa de máscaras e fingir que estava tudo bem. Ele podia ter retalhado sua integridade até que a dor desaparecesse. Ele poderia ter feito o que milhões de pessoas fazem. Poderia ter passado o resto da vida no chiqueiro fingindo que estava em um palácio. Mas sua decisão foi outra.

Algo lhe disse que aquele era o momento da — e para a — verdade.

Ele se viu na água. Seu rosto não estava bonito — enlameado e intumescido. Ele desviou o olhar. Não pense nisso. Você não é pior que ninguém. As coisas serão melhores amanhã.

As mentiras esperavam obter um ouvido receptivo. Tinham sempre encontrado um até então. Não desta vez, murmurou. E fitou seu reflexo.

O quanto caí. Suas primeiras palavras verdadeiras.

Ele olhou dentro de seus próprios olhos. Pensou em seu pai. Sempre disseram que eu tinha seus olhos. Podia enxergar a expressão de dor no rosto do pai, quando comunicou que estava partindo.

"Devo ter magoado muito meu pai."

Uma rachadura ziguezagueou ao longo do coração do jovem.

Uma lágrima caiu na poça. Outra logo se seguiu. Então outra. E então a represa estourou. Ele enterrou o rosto em suas mãos sujas enquanto as lágrimas faziam o que sabem fazer tão bem: lavavam sua alma.

Seu rosto ainda estava molhado quando ele se sentou perto da poça. Pela primeira vez em muito tempo, pensou em sua casa. As lembranças o aqueciam. Lembranças das risadas na mesa de jantar. Lembranças de uma cama quente. Lembranças das tardes na varanda com seu pai enquanto ouviam o cricrilar hipnótico dos grilos.

— Pai. — Pronunciou a palavra em voz alta enquanto olhava para si mesmo. — Todo mundo dizia que eu era parecido com você. Agora você sequer me reconheceria. Uau, eu estraguei tudo, não foi?

Ele se levantou e começou a andar.

A estrada para casa era mais comprida do que ele era capaz de se lembrar. Da última vez em que viajou por ela, chamava atenção por seu estilo. Se ele chamava a atenção agora, era por causa do mau cheiro. Suas roupas estavam rasgadas; o cabelo, desgrenhado; os pés, sujos. Mas isso não o incomodava, pois, pela primeira vez em um calendário de mágoas, ele tinha a consciência limpa.

Estava voltando para casa. E voltando como um homem transformado. Não exigindo o que ele merecia, mas desejando aceitar o que pudesse conseguir. Dê-me havia sido substituído por ajude-me, e sua rebeldia fora substituída por *arrependimento*.

Ele veio para pedir tudo sem nada para dar em troca. Não tinha dinheiro. Não tinha desculpas.

E não tinha ideia do quanto o pai havia sentido sua falta.

Não tinha ideia de quantas vezes o pai havia interrompido seus afazeres a fim de olhar para o portão da frente, esperando pelo filho. O jovem não tinha ideia de quantas vezes o pai havia acordado de um sono inquieto, indo para o quarto do filho e sentando-se em sua cama. E o filho nunca teria acreditado se lhe contassem quantas horas o pai passou sentado na varanda perto da cadeira de balanço vazia, olhando, esperando ver ao longe aquela figura familiar, aquele jeito de andar, aquele rosto.

Enquanto fazia a última curva que levava à sua casa, o jovem ensaiou sua fala mais uma vez.

— Pai, pequei contra o céu e contra ti.

Ele se aproximou do portão e colocou sua mão no trinco. Começou a erguê-lo, e então parou. Seu plano de voltar para casa de repente pareceu bobo. De que adianta?, murmurou para si mesmo. Que chances tenho eu? Afastou-se, virou-se e começou a ir embora.

Então ele ouviu os passos. Ouviu o plac plac plac de sandálias. Alguém estava correndo. Ele não se virou para olhar. "Provavelmente é um empregado vindo para me enxotar, ou meu irmão mais velho querendo saber o que eu estou fazendo aqui novamente", pensou. E continuou a caminhar.

Mas a voz que ele ouviu não era a voz de um empregado, nem a de seu irmão; era a voz de seu pai.

— Filho!

— Pai?

Ele se virou para abrir o portão, mas o pai já o havia feito. O filho olhou para seu pai parado na entrada. Lágrimas corriam pela face dele enquanto braços estendidos de leste a oeste convidavam o filho a voltar para casa.

— Pai, eu pequei. — As palavras foram abafadas enquanto o jovem enterrava seu rosto no ombro de seu pai.

Os dois choraram. Por uma eternidade os dois permaneceram no portão, entrelaçados como se fossem um só. As palavras eram desnecessárias. O arrependimento havia ocorrido, o perdão havia sido dado.

O jovem estava em casa.

Se há uma cena nesta história que merece ser emoldurada, é a do pai com os braços estendidos. Suas lágrimas são tocantes. Seu sorriso é encorajador. Mas suas mãos nos chamam para casa. Imagine aquelas mãos. Dedos fortes. As palmas marcadas pelas linhas da vida. Abrindo-se como um grande portal, deixando a entrada como única opção.

Quando Jesus contou essa parábola do pai amoroso, pergunto-me, ele usou as mãos? Quando chegou nesse ponto da história, ele abriu seus braços para ilustrar o que dizia?

Talvez ele tenha percebido os pensamentos dos ouvintes: Eu nunca poderia voltar para casa. Não depois desta vida que levei. Talvez tenha notado a dona de casa olhar para o chão e o empresário balançar a cabeça, como se dissessem: Não posso começar de novo. Eu fiz uma besteira grande demais. E talvez tenha aberto os braços ainda mais, como se dissesse: Sim. Sim, você pode. Você pode voltar para casa.

Se ele fez isso ou não, eu não sei. Mas eu sei que ele fez isso depois. Mais tarde, ele esticou as mãos o máximo que pôde. Forçou os braços a ficarem tão abertos que eles doíam. E, para provar que aqueles braços jamais se cruzariam e que essas mãos jamais se fechariam, ele os teve pregados enquanto estavam abertos.

Eles ainda estão abertos.

Capítulo V

Um amor de pai

— MAX, SEU PAI está acordado.

Eu estava assistindo a um filme na televisão. Um desses suspenses que nos tiram do aqui e agora e nos transportam para um lugar diferente, uma época diferente. A frase de minha mãe parecia ter vindo de outro mundo. O mundo real.

Voltei-me para meu pai. Ele estava olhando para mim.

A cabeça era tudo o que ele podia virar. A doença de Lou Gehrig[1] havia tolhido seus movimentos, privando-o de tudo, menos de sua fé... e de seus olhos.

Foram seus olhos que me convidaram a ir à beira de sua cama. Eu tinha ficado em casa por quase duas semanas, graças a uma licença especial concedida pelo Brasil, devido à piora de seu estado. Ele havia dormido a maior parte do tempo nos últimos dias, acordando apenas quando minha mãe lhe dava banho ou limpava os lençóis.

Próximo a sua cama havia um respirador, um metrônomo de mortalidade que empurrava o ar para seus pulmões através de um buraco em sua garganta. Os ossos de sua mão eram protuberantes como as hastes em um guarda-chuva. Os dedos outrora firmes e fortes estavam torcidos e sem vida. Sentei-me à beira da cama e passei as mãos pelo seu tórax. Coloquei minha mão em sua testa. Estava quente... quente e úmida. Alisei seus cabelos.

— O que é, pai?

Ele queria dizer alguma coisa. Seus olhos ansiavam por isso. Seus olhos se recusavam a me deixar ir. Se eu olhasse para outro lado por um momento, eles me seguiam, e continuavam me olhando quando eu me virava novamente.

— O que é?

Eu já havia visto aquela expressão antes. Eu tinha sete, no máximo oito anos. Eu estava parado na ponta de um trampolim pela primeira vez, pensando se sobreviveria ao mergulho. O trampolim se inclinava sob meus 32 quilos. Olhei para os meninos que estavam atrás de mim e que me importunavam para que eu pulasse logo. Imaginei o que eles fariam se eu pedisse que eles se afastassem para mergulhar. Eles me castigariam, imaginei.

Então, entre ser ridicularizado e saltar para a morte certa, eu fiz a única coisa que sabia fazer — tremi.

Naquele momento, eu o ouvi dizendo: Está tudo bem, filho, venha. Olhei para baixo. Meu pai havia mergulhado. Ele estava na água esperando pelo meu salto. Mesmo agora, enquanto escrevo, posso ver sua expressão — rosto bronzeado, cabelo molhado, sorriso aberto e olhos brilhantes. Seus olhos eram determinados e transmitiam confiança. Mesmo que ele não houvesse dito uma palavra, eles teriam dado o recado. Mas ele disse: Pule, está tudo bem.

Então eu pulei.

Vinte e três anos depois, o bronzeado havia desaparecido, o cabelo estava ralo e a face tensa. Mas os olhos não haviam mudado. Eles eram corajosos. E o recado deles não havia mudado. Eu sabia o que ele estava dizendo. De alguma forma ele sabia que eu estava com medo. De alguma forma ele havia percebido que eu estava tremendo enquanto olhava para as profundezas. E de alguma forma, ele, o moribundo, tinha a força necessária para confortar a mim, o vivo.

Encostei minha bochecha no vazio da dele. Minhas lágrimas escorreram em sua face quente. Afirmei suavemente o que a garganta dele queria dizer, mas não podia.

— Está tudo bem —, sussurrei. — Vai ficar tudo bem.

Quando levantei minha cabeça, os olhos dele haviam se fechado. Eu nunca mais os veria abertos. Ele me deixou com um último olhar. Uma última declaração de seus olhos. Uma mensagem de adeus do capitão antes que o barco virasse para o mar. Uma garantia conclusiva de pai para filho. Está tudo bem.

Talvez tenha sido um olhar semelhante que mexeu com a alma do soldado durante aquelas seis horas de uma certa sexta-feira.

Ele estava inquieto. Desde o meio-dia sua inquietude não cessara.

Não eram as mortes que o incomodavam. O centurião não era nenhum estranho à finalidade do ofício. Ao longo dos anos, havia se tornado insensível aos gritos dos crucificados. Ele havia dominado a arte de entorpecer seu coração. Mas aquela crucificação o incomodara.

O dia começou como centenas de outros — pavorosamente. Era ruim demais estar na Judeia, mas era o inferno passar tardes quentes em uma colina pedregosa supervisionando a morte de batedores de carteira e agitadores. Metade do público escarnecia, a outra metade chorava. Os soldados mantinham a situação sob controle. Os sacerdotes chefiavam. Era um trabalho ingrato em uma terra estranha. Ele já estava ansioso para que o dia acabasse antes mesmo de começar.

Ficou curioso com a atenção dispensada ao camponês descalço. Sorriu enquanto lia a placa que seria pendurada na cruz. O condenado poderia aparentar qualquer coisa, menos um rei. Seu rosto estava inchado e machucado. As costas estavam levemente arqueadas e os olhos apontavam para baixo. Um caipira inofensivo, pensou o centurião. O que ele poderia ter feito?

Então Jesus levantou a cabeça. Não estava com raiva. Não estava inquieto. Seus olhos estavam estranhamente calmos enquanto olhavam por trás da máscara de sangue. Ele fitava aqueles que o conheciam — passando deliberadamente de um rosto para outro, como se tivesse uma palavra para cada um deles.

Por um breve momento ele olhou para o centurião — por um segundo, o romano olhou para os olhos mais puros que ele já havia visto. Não sabia o que o olhar significava, mas aquela expressão o fez engolir em seco, e seu estômago se contraiu. Enquanto observava o soldado agarrar o Nazareno e empurrá-lo ao chão, algo lhe dizia que aquele não seria um dia normal.

Enquanto as horas passavam, o centurião se pegava olhando cada vez mais para o homem que estava na cruz do meio. Ele não sabia o que pensar do silêncio do Nazareno. Ele não sabia o que pensar de sua bondade.

Mas, acima de tudo, estava perplexo com a escuridão. Não sabia o que pensar daquele céu enegrecido no meio da tarde. Ninguém podia explicar... ninguém sequer tentava. Em um minuto o sol, no outro a escuridão. Em um minuto o calor, no outro uma brisa gélida. Até os sacerdotes silenciaram.

Por um longo tempo o centurião ficou sentado em uma pedra, olhando fixamente para as três silhuetas. Suas cabeças pendiam, ocasionalmente virando de um lado para o outro. Os zombadores estavam quietos... misteriosamente quietos. Aqueles que tinham chorado, agora esperavam.

De repente, a cabeça central parou de menear. Ergueu-se. Os olhos se abriram em um feixe de luz branca. Um rugido cortou o silêncio:

— Está consumado.[2]

Não era um berro. Não era um grito. Era um rugido... um rugido de leão. O centurião não sabia de que mundo aquele rugido viera, mas sabia que não tinha sido deste.

O centurião se levantou da pedra e deu alguns passos em direção ao Nazareno. Ao se aproximar, pôde ver que Jesus estava olhando para o céu. Havia algo em seus olhos que o centurião tinha de ver. Mas, depois de apenas alguns passos, ele caiu. Levantou-se, para logo cair de novo. O chão estava tremendo, levemente no começo, mas agora, com violência. Ele tentou andar mais uma vez e conseguiu dar alguns passos, mas então caiu... ao pé da cruz.

Ele olhou para cima, para o rosto daquele homem que estava perto da morte. O Rei olhou para baixo, fitando o velho e rabugento centurião. As mãos de Jesus estavam presas — elas não podiam alcançá-lo. Os pés estavam pregados à madeira, não podiam andar em sua direção. A cabeça estava pesada de tanta dor, ele mal podia movê-la. Mas seus olhos... estavam em chamas.

Eram inextinguíveis. Eram os olhos de Deus.

Talvez tenha sido isso o que provocou as palavras do centurião. Ele viu os olhos de Deus. Ele viu os mesmos olhos contemplados por uma adúltera seminua em Jerusalém, uma divorciada sem amigos em Samaria e Lázaro morto há quatro dias em um cemitério. Os mesmo olhos que não se fecharam ao ver a futilidade do homem, que não se desviaram do fracasso do homem e que não recuaram ao testemunhar a morte do homem.

Está tudo bem, pareciam dizer os olhos de Deus. Vislumbrei as tormentas, e ainda assim está tudo bem.

As convicções do centurião começaram a escorrer como rios.

— Este não era um carpinteiro —, murmurou. — Este não era um camponês. Este não era um homem normal.

Ele ficou de pé e olhou em volta, para as pedras que haviam caído e para o céu que havia enegrecido. Virou-se e fitou os soldados, que fitavam Jesus com expressões de assombro. Virou-se e assistiu enquanto os olhos de Jesus se levantavam e olhavam para o lar. Ele ouviu quando os lábios ressecados e a língua inchada falaram pela última vez:

— Pai, nas tuas mãos entrego o meu espírito.[3]

Se não fosse o centurião, os soldados diriam. Se não fosse o centurião, até as pedras diriam — assim como diriam os anjos, as estrelas, até os demônios. Mas as palavras saíram dele. Coube a um estrangeiro anônimo declarar o que todos sabiam.

— Verdadeiramente este era o Filho de Deus! [4]

Seis horas de uma sexta-feira. Seis horas que se destacaram na planície da história dos homens como o Monte Everest em um deserto. Seis horas que foram decifradas, dissecadas e debatidas durante dois mil anos.

O que essas seis horas significam? Elas afirmam ser a porta no tempo pela qual a eternidade entrou nas cavernas mais escuras do homem. Elas marcam os momentos em que o Navegador desceu às águas mais profundas para deixar pontos de ancoragem a seus seguidores.

O que aquela sexta-feira significa?

Para a vida escurecida pelo fracasso, aquela sexta-feira significa perdão.

Para o coração marcado pela futilidade, aquela sexta-feira significa propósito.

E para a alma que olha através do túnel da morte, aquela sexta-feira significa libertação.

Seis horas. Uma sexta-feira.

Como você responde àquelas seis horas daquela sexta-feira?

Guia de Estudos

Capítulo I: Um bom pai toma decisões piedosas

1. *Assim, é possível e até comum que um pai esqueça de desempenhar seu papel — que se desconecte emocionalmente de seus filhos. Ao longo do dia, todos os dias, os pais têm de renovar sua decisão paterna.*
    - O que é uma decisão paterna?
    - Que tipo de decisões você teve de tomar na condição de pai?
    - Cite algumas soluções criativas para as exigências de tempo com que cada pai se depara.
2. *As crianças têm um par de antenas especial — não só são capazes de ver muito e ouvir mais ainda, mas de imitar o comportamento que veem em seus pais.*
    - Você concorda com a afirmação de Max?
    - Seus filhos já imitaram algo que observaram

em você? Como você se sentiu com isso?

- Qual é o atributo mais importante cujo modelo você espera ser para seus filhos?

Capítulo II: Um bom pai aprecia seus filhos

1. *Um passo para dentro da sala de aula e o bichinho da curiosidade a mordeu. E eu fui embora. Eu a entreguei. Não muito. E não tanto quanto terei de entregar no futuro. Mas eu a entreguei tanto quanto eu poderia naquele dia.*
   - De que outras formas Jenna (ou seu filho ou filha) terão de ser entregues no futuro?
   - Ajuda saber que toda esta "entrega" não precisa ser feita de uma vez só? Por quê?
2. *Eu entreguei minha filha completamente cônscio de que, se ela precisasse de mim, eu estaria ao seu lado em um piscar de olhos. Você entregou seu filho completamente cônscio de que, quando ele mais precisasse de você, quando seu grito de desespero ecoasse pelos céus, você se sentaria em silêncio. Os anjos, embora posicionados, não ouviriam uma ordem sua. Seu filho, apesar da angústia, não sentiria conforto algum de suas mãos.*
   - Por que Deus entregou seu filho tão completamente?
   - Imagine, se você puder, o que deve ter acontecido no trono dos céus enquanto Cristo sofria na cruz. Qual era o humor dos

anjos que rodeavam Deus – sombrio? Triste? Feliz? Furioso? Confuso?

Antes que o dia acabasse, eu me sentei em silêncio pela segunda vez. Agora, não estava ao lado de minha filha, mas diante de meu Pai. Não estava mais triste pelo que havia entregado, mas sim grato por tudo o que já havia recebido — a prova viva de que Deus se importa.

- Qual a "prova viva" a que essa passagem se refere?
- Como você responde a essa "prova viva"?

Capítulo III: Um bom pai está sempre presente para seus filhos

1. *Parece estranho que ele não esteja aqui. Acredito que seja porque ele nunca se foi. Ele estava sempre por perto. Sempre disponível.*
   - Que imagens vêm à mente quando você pensa em seu pai? Que palavras você usaria para descrevê-lo como pai?
   - Qual é o papel dado por Deus que os pais devem desempenhar na vida de seus filhos?
   - O que estas passagens revelam?
     Deuteronômio 6:4-9; Salmo 78:1-8; Provérbios 3:11-12; Provérbios 13:24, 22:6; Efésios 6:4; 1 Timóteo 3:1-5; 1 Timóteo 5:8.
   - Para cumprir essas responsabilidades, quais são os três fatores mais críticos?

- Quais influências positivas seu pai teve em sua vida? Se ele ainda está vivo, como você poderia expressar a ele sua apreciação por essas influências? Se ele não está mais vivo, para quem você poderia transmitir essas bênçãos?

2. *Ele ainda está, de uma forma especial, muito presente.*
    - Se você perdeu um dos pais ou algum outro membro próximo da família, de que forma essa pessoa ainda está presente com você?
    - O que sua família faz para manter viva a memória da pessoa amada? O que faz com que essas memórias sejam felizes ao invés de tristes?
    - Por que você supõe que Deus descreve a si mesmo como nosso pai? Quais características paternais você vê nestas passagens: Isaías 64:8; Mateus 7:11; Mateus 10:29-31; 2 Tessalonicenses 2:1,17?
    - Como sua fé afeta sua aceitação da morte de uma pessoa amada?

Capítulo IV: Você pode vir para casa

Leia Lucas 15:11-32

1. O que fez com que esse jovem reconsiderasse sua forma de viver (versículos 14-16)? Como essa história é muitas vezes reencenada no mundo moderno?

2. Compare o que afirmou o jovem no versículo 18 com as palavras do Rei Davi em Salmo 51:4. Qual sentimento é o mesmo para ambos?
3. De que maneira o pai, no versículo 20, ilustra nosso Pai celestial? Você acha que é uma boa ilustração? Por quê?
4. Compare os versículos 18-19 ao versículo 21. Note qual parte do discurso do filho é deixada de fora. Por que você acha que o filho foi incapaz de concluir a fala que havia preparado?
5. O jovem era merecedor do tratamento que recebeu nos versículos 22-24? De que modo essa cena é uma imagem da graça?
6. Você já se sentiu como o irmão mais velho nos versículos 25-30? Explique.
7. A forma com que o pai descreve seu filho no versículo 32 poderia caracterizar todo cristão? Por quê?

CAPÍTULO V: Um amor de pai

Leia Marcos 15:33-39

1. O que Deus estava declarando ao fazer com que as trevas caíssem sobre a terra por três horas inteiras no meio da tarde?
2. Leia Salmo 22:1-18. Essa parte das Escrituras foi escrita centenas de anos antes do nascimento de Jesus e, no entanto, contém descrições detalhadas do que iria acontecer no momento da crucificação. Quais

detalhes presentes no Salmo 22 você pode associar ao relato do evangelho em Marcos 15?

3. O que levou o centurião a dizer de Jesus: "Verdadeiramente este era o Filho de Deus!"(v. 39)?
4. Quem você acha que é Jesus? Sua resposta se baseia em quê?
5. Se o centurião entendeu plenamente suas próprias palavras, que rumo ele deveria dar a suas ações?
6. Se é verdade que Jesus é o Filho de Deus, que rumo você deveria dar a suas próprias ações? Qual é a sua relação com ele?

Notas

Capítulo I: Um bom pai toma decisões piedosas

1. Paul Faulkner, *Achieving Success Without Failing Your Family*, 1994, West Monroe, LA, Howard Publishing Co., pp. 143-144.
2. Referência ao título do livro, *For it's all worth* (N. do T.).
3. Paul Harvey, Jr. (org.), *Paul Harvey's for What It's Worth*, 1991, Nova York, Bantam Books, p. 121.

Capítulo II: Um bom pai aprecia seus filhos

1. "Sunrise, Sunset" (Jerry Bock, Sheldon Harnick). ©1964 — Alley Music Corp. and Trio Music Co., Inc. Todos os direitos reservados. Usado com permissão. (Aqui traduzido livremente.)
2. Romanos 8:31,32 (ênfase minha).

Capítulo III: Um bom pai está sempre presente para seus filhos

1. Personagem fictício da famosa série *Tudo em família*.
2. *Encontrando o amor de pai*
3. Oseias 11:8,9.

Capítulo IV: Você pode vir para casa

1. Esta história é popularmente atribuída a Harry Emerson Fosdick.
2. Lucas 15:11-27.

Capítulo V: Um amor de pai

1. Lou Gehrig foi jogador de beisebol do time New York Yankees, tendo encerrado sua carreira devido a uma esclerose lateral amiotrófica, também conhecida como Doença de Lou Gehrig ou Doença de Charcot. (N. do T.)
2. João 19:30
3. Lucas 23:46.
4. Mateus 27:54.

Este livro foi composto em Agaramond 12/20
e impresso pela Gráfica Ediouro sobre
papel Offset 63 g para a Thomas
Nelson Brasil em junho de 2010.